PREMIÈRE
SATIRE POLITIQUE

par

EUGÈNE FOURDIN DE CALAIS,

Membre de la Société d'Agriculture.

———⟨✦⟩———

A PARIS,
CHEZ TOUS LES LIBRAIRES,
A CALAIS,
CHEZ L'AUTEUR.

1844.

PREMIÈRE

SATIRE POLITIQUE,

par

EUGÈNE FOURDIN DE CALAIS,

Membre de la Société d'Agriculture.

A PARIS,

CHEZ TOUS LES LIBRAIRES,

A CALAIS,

CHEZ L'AUTEUR.

—

1844.

IMPRIMERIE DE PH. CORDIER,
Rue du Ponceau, 24.

PRÉFACE.

La poésie est le langage des Dieux ; c'est une langue sublime, cadencée, remplie des plus belles figures et d'expressions choisies ; mais il est difficile d'exprimer, dans cette langue, toutes sortes de choses ; j'ajouterai même que beaucoup de pensées ne peuvent y trouver place, à moins d'être changées. Ainsi, par exemple, il serait impossible d'écrire en vers un livre de philosophie, car un tel ouvrage ne pourrait être compris que par des Dieux qui font sortir la lumière de l'obscurité. Cette difficulté de dire certaines choses en poésie est la raison pour laquelle je fais précéder ma Satire Politique d'une Préface. Lecteurs, rassurez-vous, elle ne sera pas longue.

J'ai donné, pour titre, à ma Satire : *les Ministres*, afin de montrer que je voulais attaquer les Ministres, les Ministres responsables, les Ministres seuls. Derrière eux est un autre pouvoir, pouvoir caché, pouvoir non responsable, pouvoir que je respecte, pouvoir que je ne veux même pas nommer. Qu'on ne vienne pas me dire, à présent, que j'ai voulu atteindre plus haut que le Ministère. Mes opinions sont celles de l'opposition constitutionnelle ; je n'attaque pas les Ministres dans leur vie privée que je ne connais point ; mais dans leur politique qui semble être traînée, sur toutes les mers, à la remorque de la politique Anglaise.

E. Fourdin.

PREMIÈRE
SATIRE POLITIQUE.

LES MINISTRES.

Je suis allé à Gand......
Discours de M. Guizot, le 26 Janvier 1844.

La neige qui tombait, comme un duvet de cygne,
En volages flocons changeant toujours de ligne,
Couvrait de son linceul, triste manteau du Nord,
La nature endormie au souffle de la mort.
Les petits oiseaux, surpris de voir la glace,
Pour la première fois, descendre de l'espace,
Cherchaient, en voltigeant sur ces nouveaux tapis,
Leurs tapis de verdure autrefois si jolis ;
Autrefois leur donnant des insectes, des roses,
Et maintenant plus rien : les corolles sont closes,
Les papillons sont morts, tout est blanc ; les oiseaux
Trouvaient glace partout, même dans leurs berceaux.
Moi, pensif, à l'abri sous la voûte d'un arbre,
Coupole suspendue ou d'albâtre ou de marbre,
Je suivais, dans les champs, la surprise, l'erreur
De ces petits oiseaux ; je plaignais leur malheur,

Et je les consolais, pensant, dans mon délire,
Que leurs cœurs comprenaient les accents de ma lyre,
— Charmants petits oiseaux, attendez le réveil,
Attendez le printemps; reviendra le soleil,
Reviendront vos amours, vos arbres, vos prairies,
Et les beaux papillons sur les tiges fleuries.
Petits oiseaux, courage,...... — et je m'arrêtai là,
Et l'instrument des Dieux, entre mes mains, trembla.
Un vieillard appuyé sur l'épaule gentille
D'un ange de quinze ans, charmante jeune fille,
Écoutait mes chansons. Que ce couple était beau!
J'aime à voir une rose à côté d'un tombeau!

Le front de ce vieillard peignait encor la grâce;
On ne distinguait pas les cristaux de la glace
Dans sa barbe d'un siècle, et ses cheveux tressés
Semblaient flocons de neige avec ordre placés;
A la pointe du cœur, sur sa large poitrine,
Brillait la belle croix que, dans son origine,
Avec juste raison, l'on nommait croix d'honneur;
Car ceux qui la portaient, nobles par la valeur,
Pouvaient dire, du moins: — Cette croix aimantée,
Dont je suis orgueilleux, je l'ai bien méritée. —
Du temps que l'Empereur faisait trembler les rois,
On teignait, dans son sang, le ruban de sa croix.

Le vieillard était beau; mais un pouvoir magique,
Attraction des cœurs, puissance magnétique

Dont je ne me plains pas , faisait tourner mes yeux
Vers le joli tuteur de ce chêne si vieux.
C'était l'enfant du Nord , à la fraîche figure ,
A la taille élancée , à l'étroite ceinture.
Ses cheveux d'un blond pâle , en deux larges bandeaux
Se courbaient mollement comme deux serpenteaux ,
Et glissaient en spirale autour de ses oreilles
Que la brise glacée avait peintes vermeilles.
A voir sur ses cheveux , la neige se poser
En étoiles d'argent qui donnaient leur baiser ,
On eut dit que les cieux faisaient pleuvoir , sur elle ,
Un superbe réseau de blonde ou de dentelle.
Ses yeux ! Je ne pouvais admirer leur couleur :
Tous deux étaient baissés par crainte et par pudeur ;
Mais pourtant , sans les voir , au travers de leur frange ,
Je les devinais bleus , car les beaux yeux d'un ange
Réfléchissent toujours les bleus rayons du ciel ;
Sa bouche , don charmant digne de l'Éternel ,
Au retour du printemps , devait rendre jalouse ,
La rose du matin sur la verte pelouse ,
Et les beaux papillons , trompés par la fraîcheur ,
Et le pur coloris de ses lèvres en cœur ,
Devaient partout la suivre en forme d'auréole ,
Cherchant à se poser sur sa vive corolle ,
Pour butiner le miel qu'ils trouvent sur la fleur.
Chaque oscillation des battements du cœur ,
Battement , devant moi , sans doute plus rapide ,
Vivement soulevait sa poitrine timide

Où mes yeux contemplaient, avec ravissement,
Sous un simple tissu croisé négligemment,
Deux globes que l'Amour, de ses mains enfantines,
Avait moulés divins dans ses coupes divines.
Quand on est si jolie, on ne doit pas chercher,
Dans de vains ornements, l'art de se bien cacher,
Pour ne faire admirer que sa riche toilette.
Aussi la belle enfant se montrait peu coquette :
Pas un simple ruban, pas une seule fleur ;
La toilette imitait la pureté du cœur.
Une robe de laine, à la couleur obscure,
La préservant du froid, composait sa parure.

Et, de moi, le vieillard s'approcha doucement,
Sur l'appui délicat de son ange charmant.
« Bien ! jeune homme, dit-il, consoles la nature ;
» Les champs retrouveront, au printemps, leur parure ;
» Les jardins, leurs bosquets; les oiseaux, leurs amours :
» Le soleil, avec lui, ramène les beaux jours.
» Mais, pour moi, le printemps n'est plus qu'une chimère ;
» Mon amante est la tombe, et mon soleil, la terre,
» Je marche lentement vers ce dernier soleil ;
» Mais je marche toujours, même dans mon sommeil,
» J'arriverai bientôt. Que le ciel te protége,
» Ma fille. Mes cheveux sont couverts par la neige
» Depuis plus de trente ans ; mon hiver doit finir.
» Oui, mes enfants, adieu, je vais bientôt mourir !
» ....

» Sur mon printemps brilla le soleil de la gloire.
» Laissez-moi vous parler de ces temps de victoire
» Où, versant notre sang pour notre liberté,
» Sans pain et sans chaussure, au mot d'égalité
» Qui nous disait enfin : Français, vous êtes frères,
» Avec tant de plaisir nous courions aux frontières,
» Arrêter l'ennemi, sauver de l'étranger
» La France, de nous tous, notre mère en danger.

» On n'aurait pas alors, *cédant à l'Angleterre,*
» Après avoir reçu du Pape une prière,
» Abandonné les murs d'un bon poste avancé :
» Notre soleil d'Ancône, hélas ! s'est éclipsé !
» On n'aurait pas alors, *cédant à l'Angleterre,*
» Aux Belges retranché leur plus belle frontière
» Pour en faire présent au roi des Hollandais :
» C'était injuste et lâche ! Oui, mais c'était Anglais.
» On n'aurait pas alors, *cédant à l'Angleterre,*
» Laissé la pauvre Espagne au sein de la misère,
» Se baigner dans le sang et se suicider ;
» Mais quand Londres le veut, la France doit céder.
» On n'aurait pas alors, *cédant à l'Angleterre,*
» Après avoir jeté des menaces de guerre,
» Tremblé, comme la feuille, au seul bruit du canon
» Tiré devant Beyruth ; non, non, mille fois non.
» On n'aurait pas alors, *cédant à l'Angleterre,*
» Donné, par un traité, malgré la France entière,
» Le pouvoir de monter, à bord de nos vaisseaux,

» Visiter les papiers, soulever les panneaux.

» On n'aurait pas alors, *cédant à l'Angleterre,*

» Trouvé qu'un amiral, dont la marine est fière,

» A trop défendu l'honneur du pavillon

» Qui flotte, pour la France, à son mât d'Artimon.

» Toujours même système à chaque ministère:

» L'on fait, depuis trente ans, *ce que veut l'Angleterre.*

» Si mon printemps fut beau, l'été fut mieux encor :

» Sur la France planait, avec son aigle d'or,

» Celui qui, d'un seul mot, bouleversant les trônes,

» Selon sa volonté, disposait des couronnes.

» Que nos hommes d'état, qui se pensent si grands,

» Sont, en effet, petits au dehors, au dedans,

» Quand on les considère à côté du grand homme

» Qui même à Sainte-Hélène, interrompait leur somme :

» Tel un lion, surpris dans des filets trompeurs,

» En étant prisonnier, fait trembler les chasseurs.

» Le corps de l'Empereur est maintenant en France,

» Au milieu des soldats qui pleuraient son absence ;

» Du moins il est gardé par ceux qui l'ont servi.

» On a bien fait : son corps, par l'exil asservi,

» Devait reposer mal dans la tombe étrangère,

» Surtout que cette tombe on la nomme Angleterre.

» Quel exemple frappant et quel touchant tableau

» De voir le vieux soldat venir à son tombeau

» Pour puiser, sur le marbre un souvenir de gloire,

» Et prier, dans son cœur, le Dieu de la victoire.

» Ministres d'à-présent, allez aussi prier;
» Peut-être que la brise, agitant son laurier,
» Portera, sur vos fronts, un peu de sa poussière,
» Et vous empêchera d'adorer l'Angleterre.

» Qui sont ceux maintenant qui gouvernant l'État,
» Donnent à la couronne un si minime éclat?
» C'est un vieux général, maréchal de l'Empire,
» Président du conseil, qui conduit le navire,
» En oubliant, sans doute, au sommet du pouvoir,
» La gloire de Toulouse, et le terrible soir
» Qui vit à Waterloo, je pleure de colère,
» Des Français nous trahir pour servir l'Angleterre.
» Mais l'âme du conseil, le dieu du cabinet,
» C'est celui qui signa le traité de Juillet;
» L'homme que j'aime peu, mais que le centre admire;
» Il était, autrefois, serviteur de l'Empire;
» Napoléon l'a fait ce qu'il est maintenant;
» Eh bien, en souvenir de ce maître éminent,
» Maintenant il se fait frapper une médaille
» Pour immortaliser, au lieu d'une bataille,
» Certain voyage à Gand que l'on veut afficher,
» Vu que c'est un voyage impossible à cacher.
» Quand vous voudrez, Monsieur, employant l'éloquence,
» Servir la liberté de notre belle France,
» N'allez pas la servir sous un autre drapeau
» Que celui de la France et de votre berceau;
» Croyez-moi, n'allez pas, prévoyant la déroute

» Si près de Waterloo, prendre semblable route ;
» Ne vous exposez pas à revenir jamais
» En traversant des champs couverts du sang Français.
» Une tache de sang toujours ineffaçable,
» Toujours nous montrera que vous êtes coupable ;
» Et quand le jour viendra, devant un parlement,
» De nous énumérer les devoirs du serment,
» Vous aurez beau laver cette tache importune,
» Vos pieds couverts de sang rougiront la tribune.

» Les Français sont encor les Français d'autrefois,
» Et mes petits enfants marchent dignes de moi,
» Dignes du sang français, dignes de la victoire.
» Nos soldats sont toujours les enfants de la Gloire ;
» Nous avons pris Anvers, le château d'Ulloa,
» L'île de Taïti, Saint-Martin Garcia ;
» Mais qu'avons-nous gardé pour notre récompense ?
» Rien, l'on a tout rendu : voilà notre puissance !
» Ne vous semble-t-il pas qu'on recule de peur ;
» Et qu'un ministre a dit, en parlant de l'honneur :
» — Pas besoin de cela pour gouverner la France ;
» Il vaut mieux à l'honneur préférer l'éloquence. —
» Et même Alger, Alger l'un de nos beaux rayons
» Qui nous a tant coûté de sang, de millions ;
» Alger, de nos combats seul trophée qui nous reste,
» Que Londres la jalouse encore nous conteste ;
» Alger, que nous aimons comme le sol Français ;
» Notre étoile sur terre en dépit des Anglais ;

» La France l'eut donné, peut-être à l'Angleterre,
» Si le pays n'était plus fort qu'un ministère.
» Mais nos hommes d'État qui s'entendent vraiment
» Avec ceux d'Albion, du moins pour le moment,
» Devraient saisir un peu de leur persévérance;
» Sans forfaire à l'honneur, on pourrait, je le pense,
» Sur un certain chapitre, imiter les Anglais,
» Lesquels prennent toujours et ne rendent jamais.

» Ministres de l'État, vous trouvez que la France,
» Malgré votre pouvoir, malgré votre éloquence,
» Est un vaisseau rebelle aux coups du gouvernail.
» Je comprends vos pensers, pénible est ce travail:
» La Gauche est toujours là qui trouble la manœuvre,
» Virant sur l'autre bord, arrêtant vos chefs-d'œuvre,
» Et refusant cent fois de vous donner raison;
» Mais il faut ajouter à la comparaison,
» Que ce *vaisseau rebelle* on prétend le conduire
» Juste contre le vent, et qu'alors le navire
» Refuse de marcher. Laissez donc arriver
» Au souffle du pays, au lieu de le braver:
» Faites que le Français, sous pavillon de France,
» Trouve protection en chaque circonstance;
» Faites que ce drapeau, qui doit vous gouverner,
» Ne soit plus girouette, et cesse de tourner
» Aux caprices du vent qui, venant d'Angleterre,
» Fait de suite, à Paris, tourner le ministère;
» Ne donnez plus congé, c'est abus de pouvoir,

» Aux braves généraux qui font bien leur devoir ;
» Mais qui ne veulent pas, sans cesse aux préfectures,
» Admirer des préfets toutes les écritures ;
» N'érigez pas un temple à la corruption ;
» Enfin soyez Français, Français sans fiction.
» Si vous faites cela, la Gauche, qui vous mine,
» Alors oubliant tout, même votre origine,
» Soutiendra vos efforts, brisera l'étranger,
» Et sera votre étoile au lieu d'être un danger.

» Mais vous rendre Français, c'est, je pense, impossible:
» A l'honneur de la France, on est inaccessible,
» Quand on possède un cœur qui bat pour les Anglais.
» Il serait plus facile à nos vastes palais
» De traverser Paris ; au fleuve de la Seine
» De rouler du cristal en place de l'ébène ;
» Au journal des Débats de ne jamais mentir ;
» A certains députés de cesser d'applaudir
» Les différents discours de chaque ministère ;
» A moi d'être encore jeune et d'aimer l'Angleterre ;
» Qu'à vous, hommes d'État, de devenir Français ;
» C'est écrit sur vos fronts : vous êtes trop Anglais.

» —N'importe, dites-vous, la Gauche est sans puissance ;
» Nous sommes au pouvoir, à nous autres la France ! —
» Oui, c'est vrai, du pays la gloire est dans vos mains ;
» Pauvre gloire, combien sont tristes nos destins !
» Mais je sens qu'à mes yeux l'avenir se dévoile :
» Je vois tomber du ciel une brillante étoile

» Qui trace, dans les airs, de ses rayons de feu,
» Ces mots : — Je viens de Gand; Adieu pouvoir, Adieu! —
» Châtiment mérité! L'étoile se partage
» En autant de morceaux, dans ce dernier voyage,
» Que de gouttes du sang, versé par les Français
» Au champs de Waterloo, ne s'endorment jamais,
» Attendant, nuit et jour, l'heure de la vengeance
» Qui doit bientôt sonner. Ministres de la France,
» Ministres de Juillet, profitez du pouvoir,
» Votre chute est prochaine, et votre seul espoir
» C'est de visiter Gand, en saint pélerinage,
» Pour trouver vos conseils et votre ancien courage.
» Vous êtes maintenant au sommet des honneurs;
» Profitez du pouvoir, profitez des grandeurs,
» Encore un seul instant, encore une minute;
» Vous avez beau vouloir reculer votre chute.
» Oui, reculez toujours, vous en tomberez mieux,
» Et le peuple Français se montrera joyeux
» De voir enfin tomber notre vieux ministère
» Qui déteste la Presse et chérit l'Angleterre. »

A ces mots le vieillard, accablé de douleur,
Et privé de l'appui de son joli tuteur,
Oscilla sur sa base et glissa dans la neige.
Tel un vieux peuplier, que plus rien ne protége,
Tombe, un jour de tempête, au milieu du torrent
Qui baignait sa racine...... Et le vieillard mourant;
Se soulevant un peu, dans sa main prit la mienne :

» Cette charmante enfant, que ton bras la soutienne :
» C'est ma petite fille ; elle est seule en ce lieu ;
» Et moi je l'aime tant, je l'aime autant que Dieu ;
» L'honneur et la vertu, deux soutiens du ménage,
» Formeront, après moi, son unique héritage ;
» Conservez-lui ce bien plus précieux que l'or ;
» Veillez sur mon enfant, veillez sur mon trésor ;
» Et maintenant j'ai fait mon service sur la terre ;
» Adieu, vive la France, et meure l'Angleterre ! »

Alors sa main glacée, en mes mains frissonna ;
Dans un dernier soupir sa tête s'inclina.
L'écho disait encor : Angleterre, Angleterre ;
Mais l'âme du vieillard avait quitté la terre.

Et moi qui, tout à l'heure, en mes vers les plus beaux ;
Consolais, dans les champs, les petits des oiseaux,
A l'instant j'essayai les cordes de ma lyre
Pour consoler un ange et calmer son martyre.
— Jeune fille, pleurez : les larmes de tes yeux
Seront des diamants au royaume des cieux ;
Jeune fille, priez : l'encens de ta prière,
En montant jusqu'à Dieu, protégera ton père ;
Jeune fille, pleurez ; mais regardez le ciel,
Et voyez votre père aux pieds de l'Éternel. —

EUGÈNE FOURDIN.

Imprimerie de Ph. Cordier, rue du Ponceau, 24.